Guud Life

'05

Anthony Gordon Pilla

To order additional copies of this book, contact:

Simply Best Reads LLC
39-67 58th Street, 1st floor
Woodside, NY 11377, USA
Phone: (+1 888-203-7688)
simplybestreads.com

GOOD
LIFE

GOOD
LIFE
4LIFE

GOOD LIFE

温達

good
life

good
life

good life

good
life

★ life
good

ghoul
life
nikki
tiger
lwuz
here
don't make
me wait!

GOOD
LIFE

NYC
72

Good
Life

good
life

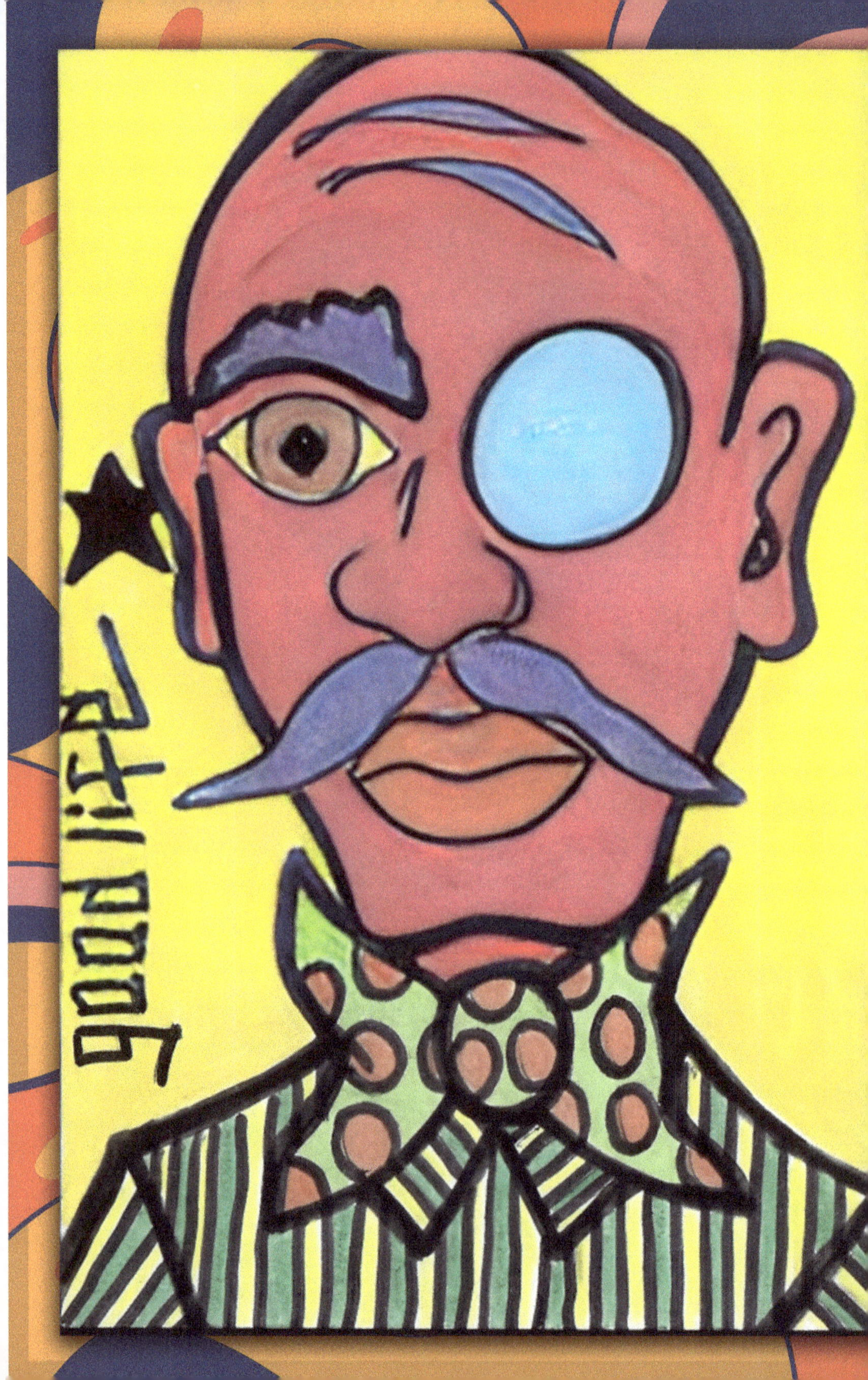
good luck

good
life

good life

good ☆ life

good
life

GOOD
LIFE

GOOD ☆ LIFE '72

good
vibe

good
life

good life ★
where's
my chikki?
CHAMPS
2002
T

good
life
go
tiger!
T

gúúd
life ★

good
Life

good
liar
'05

good
life

good
life

goodlife

GROOVE ON
GOOD LIFE

tp
cp
good
life

good
Life

good life rules ☆

Good
Life

good!
life

good
life ★ '03

good
life

PASTA
15

GOO'D
LIF★

good
life
T P ♥ S P

Good
Life

good life
hot shot

Life ★
USA ★
USA

good
life!

G L

GOOD ★ LIFE 1

By:
Cameron
CHDLIFE

G L

good life

1000
life ☆

MAD
LIFE

GOOD
LIFE

good
Life

Madlife Forever.

good
life

100% goodlife
groove oh!

the
MIX!
Amerson 2012

2011

good
life
I ♥ DJ NOIR!
NYC

good life ★ always

DE
2 for $2
FLEET
SAL
.99¢
10
Z
5

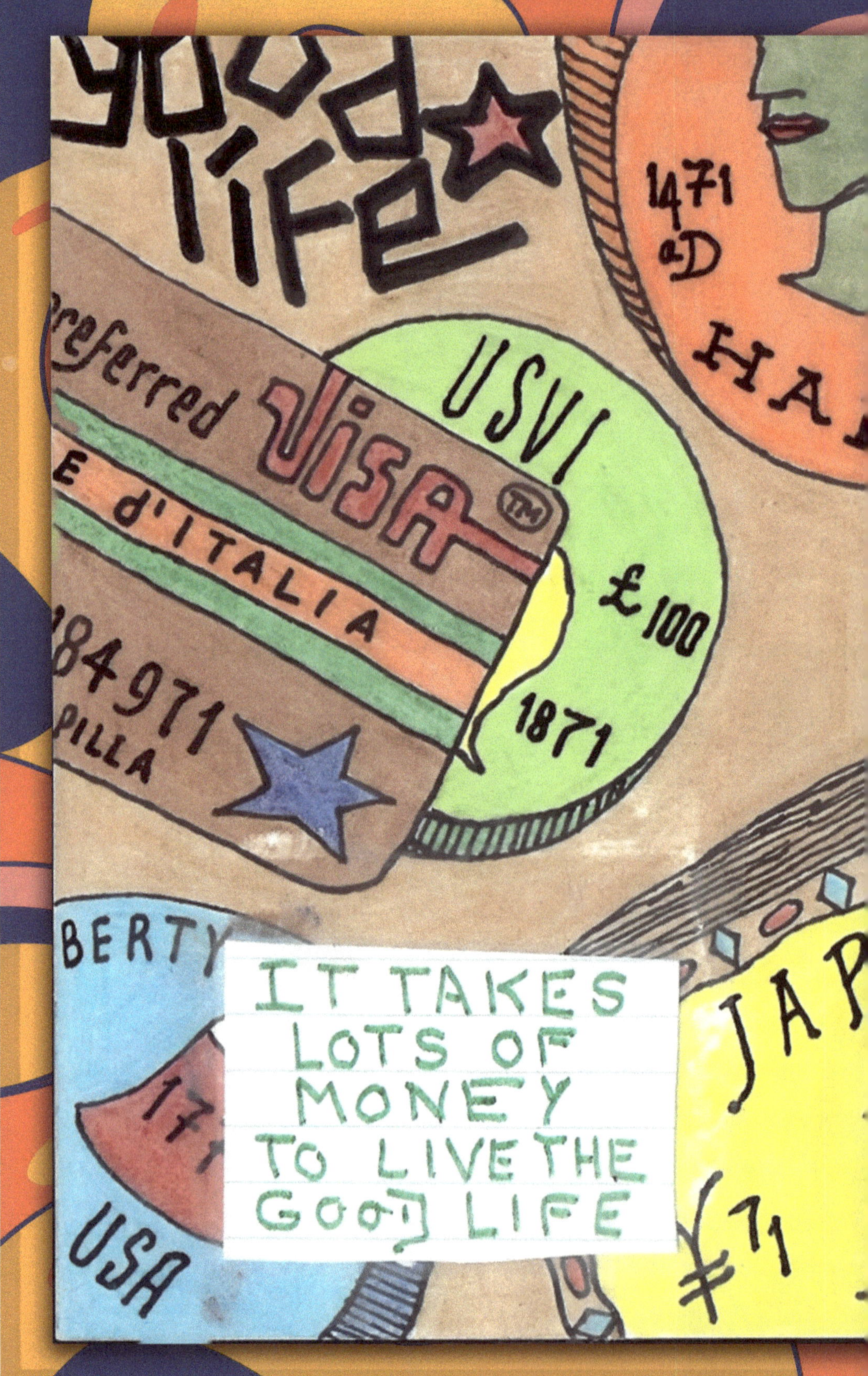
good★life
1471 aD
HA
preferred
VISA ™
USVI
£ 100
E d'ITALIA
1871
84 971
PILLA
BERTY
JAP
IT TAKES
LOTS OF
MONEY
TO LIVE THE
GOOD LIFE
USA
¥ 71

eutchland
71
71
HAI
1871
ITALIA
5c
uribus unum
T. Pilla
1771 aD
ASURY
9000 4FB
90
UK
1971
29£
1000£
USA
LUXEMBO
71

GOOD☆LIF
BLAK
STAR™

Good
Life

good
life

im dedicated 2....
good life ☆

good
life

i promise to
live the good life !

good
life

good life
ihvit

GL

David Life

good
vibe

Good
Life

Chresen

good life
enjoy the

GOOD
LIFE

hon'--is SNS a part of good life?
oh-- u bet

good
vibe

good
life